Roald Dahl Collection 21
Billy and The Minpins

ロアルド・ダール
クェンティン・ブレイク［絵］　おぐらあゆみ［訳］

ビリーと森のミンピン

ロアルド・ダール コレクション……………………［21］
評論社

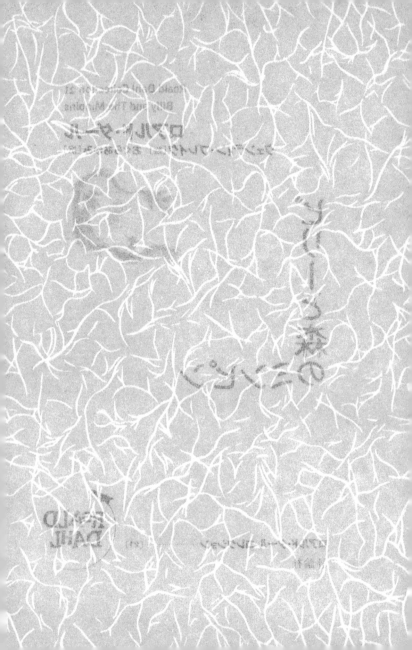

ビリーと森のミンピン

この本をつくった人たち

ロアルド・ダール（文）

イギリスの作家。空軍《くうぐん》のパイロット、スパイ、チョコレート研究家《けんきゅうか》、医療機器《いりょうきき》の発案《はつあん》者《しゃ》としても活やく。『チョコレート工場の秘《ひ》密《みつ》』『マチルダは小さな大天才』『オ・ヤサシ巨人《きょじん》ＢＦＧ《ビーエフジー》（いずれも評論社）など、たくさんの作品を書きました。世界《せかい》でもっとも人気のある作家のひとりです。

ROALD DAHL

クェンティン・ブレイク（絵）

これまでになんと、三百をこえる本にイラストをかきました。とくにロアルド・ダール作品のイラストは、よく知られています。

一九八〇年にケイト・グリーナウェイ賞《しょう》を受賞したほか、おおくの賞にかがやき、二〇一三年には、イラストレーションへの貢《こう》献《けん》がみとめられ、爵位《しゃくい》をうけています。

QUENTIN BLAKE

この本のとうじょう人物《じんぶつ》

ママ

リトル・ビリー

ドン・ミニ

ミンピンたち

もくじ

1　ぼく、いい子にしてるよ

ママは、いつだって、リトル・ビリーがしていいことと、しちゃいけないことを、うるさく言ってきかせていた。

してもいいいって言われることは、なにもかもつまんないことばっかりだ。しちゃいけないいって言われることは、みんなおもしろそうなのにね。

なかでもとびきりステキなこと——庭《にわ》のむこうの外の世界《せかい》を、ひとりっきりでたんけんすること——は、ぜったいぜったい、しちゃいけないことだった。

その、おてんきのいい夏のごご、リトル・ビリーは、いすにのっかって、まどの外の、すごいぼうけんがまっていそうな世界《せかい》をながめていた。

ママはだいどころで、アイロンをかけていた。ドアはあけっぱなしだけど、ママのところからリトル・ビリーは見えない。だもんだから、ママはしょっちゅう、こんなふうによびかける。

「リトル・ビリー、いま、なにをしてるの？」

リトル・ビリーは、こうこたえる。

「ぼく、いい子にしてるよ、ママ」

だけどリトル・ビリーは、いい子にしてるのにうんざりしていた。

まどからそうとおくないところに、「あやまちの森」とよばれる、大きなくろぐろとした森が見える。ずっとまえから、いちどたんけんしてみたいと思っているばしょだ。

ママは、おとなだって「あやまちの森」にはいりこむとたいへんなことになるのだと言って、このあたりでよく知られている歌を聞かせてくれた。

それは、こんな歌だった。

こころせよ、こころせよ、
あやまちの森に！
はいったらさいご、だれも
かえってはこない

「なんで、だれもかえってこないの？

森でどんなことがあったの？」

リトル・ビリーは、たずねた。

「あの森にはね、人間の血《ち》にうえたおそろし〜いケダモノが、いっぱいいいるのよ」

と、ママはこたえた。

「おそろし～いケダモノって、ライオンとかトラのこと?」

「もっともっと、こわいやつよ」

「ライオンやトラよりこわいやつって、どんなものなのさ?」

「たとえば、ドラゴンがいるでしょ」

と、ママ。

「それから、ツノオバケや、ヒトダマシや、害獣《がいじゅう》クニッド。いちばんこわいのは、チヲス

イ・ハヲヌキ・コナゴナニシテポイよ。あの森には、
そういうのがいるの」
「コナゴナニシテポイ?」
「そうよ。そいつは、鼻《はな》からあついけむりを
ふきだしながら、おっかけてくるの」
「ぼくのこと、食べちゃうかなあ?」
「たったのひとくちでね」
ママは、きっぱりと言った。
リトル・ビリーは、ママの言うことなんか、
ひとっこともしんじられなかった。ひとりで
どっかに行ってしまわないように、ぼくを
こわがらせてるだけだって、思った。
いま、リトル・ビリーは、いすに

のっかったまま、ゆうめいな「あやまちの森」を、あこがれをこめて、ながめている。

　ママは、だいどころから、あいかわらずこうよびかけていた。

「リトル・ビリー、いま、なにをしてるの？」

「ぼく、いい子にしてるよ、ママ」

　リトル・ビリーはこたえた。

　そのときだ、リトル・ビリーにむ

かって、ささやく声が聞こえたのは。

　リトル・ビリーには、それがだれだか、すぐにわかった。そいつは、「あくま」だった。リトル・ビリーが、ものすごくたいくつしてるとき、そいつはいつも、ささやきはじめるんだ。

「なあに、かんたんなことじゃないか」

　あくまは、言った。

「まどによじのぼるんだよ。だあれも、見ちゃいない。たったのひとっとびで、庭《にわ》におりられる。ひとっぱしりで、門にたどりつける。あとひとっぱしりすれば、もうあのすばらしい『あやまちの森』を、ひとりっきりでたんけんできるんだ。おもしろいぞ。ママが言った、ツノオバケや、ヒトダマシや、害獣《がいじゅう》クニッドや、チヲスイ・ハヲヌキ・コナゴナニシテポイなんか、いやしない。ぜんぜんね！」

「じゃ、なにがいるのさ？」

リトル・ビリーもささやいた。

「ノイチゴがまっているのさ。森じゅう、あまくて、まっかにじゅくしたおいしいノイチゴだらけだ。じぶんでたしかめてみるがいい」

その、おてんきのいい夏のごご、あくまは、そうリトル・ビリーにささやきかけた。

2　はしれ、はしれ、リトル・ビリー！

つぎのしゅんかん、リトル・ビリーはまどをあけて、よじのぼった。
ひとっとびで、下の花だんに、ふんわりとおりたった。
ひとっぱしりで、門をくぐりぬけた。
あっというまに、ほら、もう「あやまちの森」のいりぐちに立っている。
やったあ！　ついにやったぞ！　どんなぼうけんも、思いのままだ！
こわいかって？
なにが？

こわがるようなことがあるかしら？

ツノオバケ？　害獣《がいじゅう》クニッド？

ばかばかしい作り話だよね？

リトル・ビリーは、まだちょっぴりためらっていた。

「こわくなんかないよ。ほんとさ、ぜ～んぜん！　へいきだよ」

そう言って、リトル・ビリーは、ゆっくりゆっくり森の中へはいっていった。

大きな木々《きぎ》が、すぐに四方をとりかこんだ。ぎっしりとのびたえだが、まるでやねのようにそびえ、空も見えない。えだのあいだから、太陽《たいよう》の光がいくすじもさしこんでいた。すごく静《しず》かだった。きょだいな

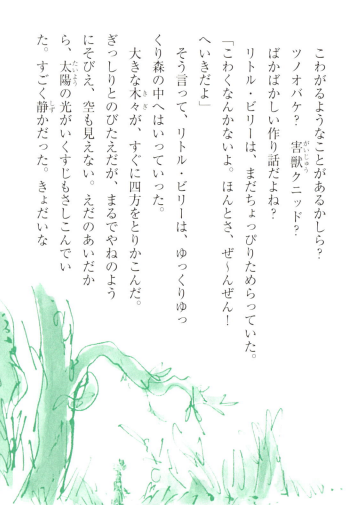

緑《みどり》の教会で、死《し》んだ人たちのまんなかに、ひとりっきりで立っているみたいな感《かん》じだ。

思いきって一歩ふみだそうとして、リトル・ビリーは立ちどまり、じっとそのまま耳をすませた。なんにも聞こえない。まったくなんにも。

おや？　そうかな？

ちょっとまてよ。

あれは、なんだろう？

リトル・ビリーは頭をめぐらせて、どこまでもつづくうすぐらい森のおくに目をこらした。

ほら、また！　こんどはまちがいない。

とおくのほうから、風が木のあいだをふきぬけるような、ヒューヒューという音が、かすかに聞こえてきたのだ。

音が大きくなった。

どんどんどんどん、大きくなっていく。

そして、とつぜん、それはもうそよ風どころか、なにかとてつもなく大きな生きものが、あらあらしく鼻《はな》いきをはきながらこっちへむかってくるような、ゴウゴウほえるおそろしい音にかわった。

リトル・ビリーは、くるりとむきをかえて、はしりはじめた。いままでこんなにいっしょうけんめいはしったことなんかないくらいだ。けれども、ヒューヒューゴウゴウというあらあらしい鼻いきの音は、ずっとあとをおってくる。

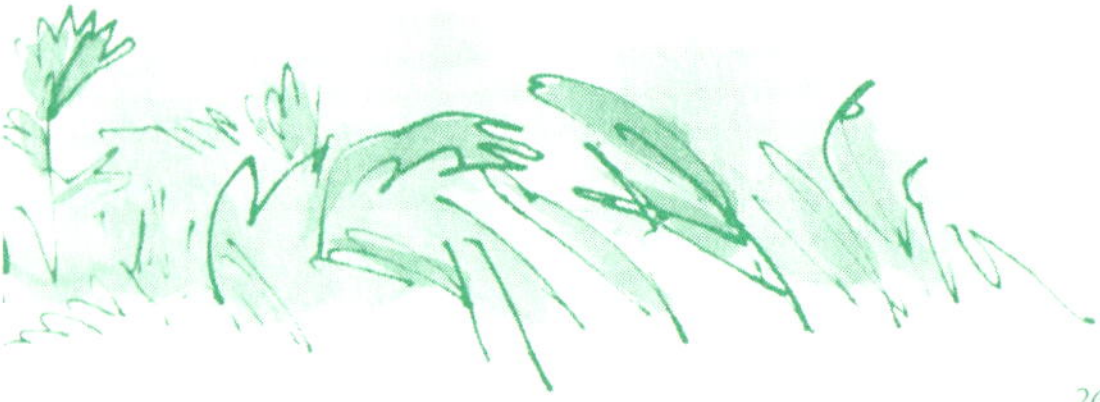

27　　はしれ、はしれ、リトル・ビリー！

もっといけないことには、なんと音は、さっきよりもっと大きくなっているのだ。ということは、あの鼻《はな》いきのもちぬしは、リトル・ビリーにちかづいているということだ。

たいへん！　おいつかれてしまう！

はしれ、はしれ、リトル・ビリー！

がんばって！　にげるんだ！

どっしりとそびえる木々《きぎ》をよけ、ねっこやいばらをとびこえて、リトル・ビーは、はしりにはしった。木のえだやしげみは、小さくかがんではしりぬけた。足にはねがはえたみたいに、とぶようにはしった。

でもやっぱり、おそろしい鼻いきはゴウゴウと大きな音でちかづいてくる。

リトル・ビリーは、ちらっとかたごしにふりかえってみた。とおくのほうに、血《ち》がこおりついて、けっかんの中でつららになってしまうくらい、こわいものを見てしまった。
　オレンジ色のけむりがふたすじ、うねるように木々をぬって、リトル・ビリーのほうに、むかってくるのだ。

つぎからつぎへとはきだされるけむりは、かくじつにちかづいている。あれはきっと、ぼくのにおいをかぎつけた、あのバケモノみたいなやつの鼻《はな》のあなからふきだすけむりなんだ、とリトル・ビリーは思った。

ママの聞かせてくれた歌が、頭の中でひびきはじめた。

こころせよ、
　こころせよ、
あやまちの森に！
はいったらさいご、
　だれも
かえってはこない

「あれが、ママの言ってたやつだ！」

リトル・ビリーは、さけんだ。

「けむりをはいておっかけてくるって言

ってたもん。あいつにちがいない！　あれがチヲスイ・ハヲヌキ・コナゴナニシテポイなんだ！　あいつはぼくをつかまえて、血《ち》をすって、歯《は》をぬいて、ほねをかじって、こなごなにかみくだいちゃうんだ。そいで、けむりといっしょに、ぷいってはきだしちゃうんだ。そんなことになったら、ぼくはもう、おしまいだ！」

3 シュウシュウ、ゴウッゴウッ

リトル・ビリーは、矢のようにはやくはしった。それでも、ふりむくたびに、オレンジ色のけむりはちかづいてくる。とうとう、首のうしろに、けむりがふきかかるのがわかるくらいになってしまった。そいつのたてる、きみの悪《わる》い音が、耳の中でガンガンなりひびいている。シュウシュウ、ゴウッゴウッ。シュウシュウ、ゴウッゴウッ……。駅《えき》から出ていく、じょうききかんしゃの音み

たいだ。
　とつぜん、もっとちがう、おそろしい音が聞こえだした。森をふみしめてはしる、バケモノの大きなひづめのたてる音だった。
　リトル・ビリーはまたふりかえってみたが、そいつは――そのバケモノか、ケダモノか、カイブツかわからないなにかのすがたは――そいつがはきだすけむりのむこうになって、ぜんぜん見えない。

いまや、そいつの鼻《はな》いきは、リトル・ビリーのまわりで、うずになっていた。あついくらいだった。もっときみの悪《わる》いことには、もうそいつのにおいまでがするのだ。ぞっとするようなにおいだった。肉《にく》食《しょく》動物《どうぶつ》のおなかのそこからたちのぼってくる、いやな、いやなにおい。

「ママ、たすけて！」

リトル・ビリーは、大声でわめいた。

ちょうど目のまえに、大きな木のみきがあらわれた。ほかの木とちがって、えだが、すぐひくいところにまで下がっていた。はしりながら、リトル・ビリーはひっしになって、いちばんひくいえだにとびついた。よじのぼった。つぎのえだに手をかけてよじのぼ

り、またつぎのえだによじのぼり……なんどもなんども木のぼりをくりかえしながら、たかくたかくのぼっていった。

あのおそろしい、きみの悪《わる》いにおいのする、火けむりをはくバケモノから、すこしでもとおざかりたかった。よほどつかれたときしか休まなかった。

上を見あげてみたけれど、まだまだてっぺんは見えない。一生のぼりつづけなくちゃならないのかな。下のほうを見おろしたけれど、地面《じめん》もやっぱり見えなかった。ぶあつい、つやつやした緑《みどり》の木々《きぎ》にかこまれた世界《せかい》には、地面も空もない。鼻《はな》いきのあらい、けむりをはくバケモノは、はるかかなたに消えてしまった。もう、あいつのたてる物音《ものおと》もぜんぜん聞こえない。

えだが、ちょうどいいぐあいにふたつに分かれたばしょにこしをおろして、リトル・ビリーは、ほっとひといきついた。

ともあれ、これで、しばらくはあんぜんだ。

と、そのとき。なんだか、きみょうなことがおこった。リトル・ビリーのすわっているえだのちかくに、なめらかな大きなえだがあって、そこにはりついているしかくい木の皮《かわ》のつぎはぎみたいなものが、うごいたのだ。そのつぎはぎみたいなものは、ちょうど切手くらいの大きさで、まんなかからふたつに分かれているようだった。それが、ちょっとずつ、とっても小さなまどがひらくように、ひらきはじめたのだ。

　リトル・ビリーは、すわったままで、このびっくりたまげるようなできごとを、ただまじまじと見つめていた。

　きゅうに、リトル・ビリーはおちつかない気分になってきた。この木々《きぎ》も、緑《みどり》こくしげる葉《は》も、みんなどこかちがう世界《せかい》のもので、人間がはいりこんではいけないば

しょに自分がはいりこんでしまったような、いごこちの悪《わる》い感《かん》じがしてきたのだ。
リトル・ビリーの目のまえで、木の皮《かわ》の小さな戸のようなものがすっかりあいて
しまうと、それが大きなえだのわかれめのところにできた、きれいなしかくいま
どだということが、はっきりとわかった。まどのおくから、
黄色っぽい光がもれている。

4

わしらは、ミンピンじゃ

それからとてもとても小さな顔が、まどべにあらわれた。いきなりどこからともなくあらわれたその人は、まっしろいかみの、たいへん年をとった顔つきをしていた。まめつぶくらいの顔だったのに、リトル・ビリーには、どんな人なのか、よく見てとれた。

その小さな小さな老人《ろうじん》は、おごそかなひょうじょうで、リトル・ビリーをまっすぐに見つめた。顔じゅうしわだらけだったけれど、ふたつの目は、星のように

きらきらかがやいていた。
　もっとびっくりするようなことが、おこりはじめた。まんなかの大きなえだばかりか、そこから分かれているあちこちのえだで、小さなたくさんのまどがひらき、まどから、これまたたくさんの小さな顔がのぞきだしたのだ。
　男の顔もあれば、女の顔もあった。まどのむこうからこっちを見ている、子どもたちの頭もちらほら見える。その子たちの頭の大きさときたら、マッチぼうのさきっ

ぼくらいしかない。おしまいには、リトル・ビリーのまわりにある二十いじょうものまどがひらいて、どのまどからも、小さな人たちが顔をのぞかせた。みんなし～んと静《しず》まりかえったままで、こちらを見ていた。

だれもしゃべらない。だれもうごかない。なんだかゆうれいみたいだ。

リトル・ビリーのいちばんちかくにいるあの老人《ろうじん》が、なにか話しはじめた。が、あまり小さな声なので、うんとかがみこんで聞かなくちゃならなかった。

「こまったことになったの」

と、小さな声は言った。

「下に行くわけにはいかん。この木をおりたらさいご、すぐにむさぼり食われてしまうじゃろう。だからといって、ずう

っとここにすわっておるわけにもいかんしな」

「そのとおりなんだ！」

いきおいこんで、リトル・ビリーは言った。

「大声を出さんでくれ」

小さい人は、たのんだ。

「ぼく、大声なんか出してないよ」

「ともあれ、そおっと話しておくれ。そんな声を出されたら、わしゃ、ふきとばされてしまうわい」

「あの、でも……あなたたちは、いったいだれなの？」

こんどは、そっとしゃべるように気をつけながら、リトル・ビリーはきいた。

「わしらは、ミンピンいちぞくじゃ。この森のじゅうにんじゃよ。もうちょっとちかくで話したほうがよさそうじゃな」

小さい人は、そう言ってまどによじのぼると、かたむいたえだを、へいきです

いすいおり、すいすいのぼって、リトル・ビリーの顔のすぐそばまでやってきた。

ほとんどすいちょくなえだを、かんたんにすいすいのぼりおりするなんて、しんじられないながめだった。自由《じゆう》にかべをのぼったりおりたりしているのと、おんなじなんだもの。

「いったいぜんたい、どうやってそんなことができるの？」

リトル・ビリーは、すっかりかんしんしてそうたずねた。

「『ぴったんこブーツ』のおかげじゃ。これがないと、木の上でくらすことはできんよ」

小さい人は、緑《みどり》色《いろ》の、むかしふうのブーツをはいていた。きているものも、黒や茶いろばかりで、とっても古くさい感《かん》じだ。二、三百年くらいむかしの人たちが、きていたようなふくなのだ。ほかのミン

ピンたちも、つぎつぎとまどをのりこえて、リトル・ビリーのほうへ歩いてきた。「ぴったんこブーツ」さえはいていれば、どんなえだの上でも、らくらくと歩けるようだった。えだの下がわを、さかさまになって、歩いている人もいるくらいだ。みんながみんな、むかしふうのふくをきていた。かわった形のぼうしやボンネットをかぶっている人もいる。みんなは、リトル・ビリーのそばのえだによってき

た。何人かずつひとかたまりになって、うちゅう人でも見るように、じっとこちらをながめている。

「みんな、この木の中にすんでいるの？」

リトル・ビリーはたずねた。

「この森の木は、中がすべてうろになっておってな。この木だけじゃなく、どの木もそうなんじゃ。中には、それこそ何千人ものミンピンがすんでおるよ。木の中には、たくさんのへやや、かいだんがある。まんなかのえだばかりじゃなく、ほかのえだにもな。ここはミンピンいちぞくの森なんじゃよ。ミンピンの森は、イギリスじゅうに、たくさんある」

「中をのぞいてもいい？」

と、リトル・ビリー。

「もちろん。まどに目をくっつけてごらん」

さっき自分が出てきたまどをゆびさして、ミンピンがこたえた。

5　カイブツが下でまっている

リトル・ビリーは、からだをちょっとずらして、切手くらいの大きさのしかくいまどに、かた目をぴたりとあてた。中のながめは、それはステキなものだった。へやは、黄色っぽい光でてらされ、いすやつくえも、きちんとととのっていた。へやのすみには、古風な四本ばしらのベッドがおいてあった。リトル・ビリーがいちど、ウィンザー城《じょう》の女王さまの人形の家で見たようなへやだ。

「きれいだなあ」

リトル・ビリーは、かんしんして言った。

「ほかのへやも、こんなふうにステキなの？」

「ここは、ほかよりちっとばかしひろいんじゃ。わしは、この木のリーダーなので。ドン・ミニというのが、わしの名じゃ。あんたは、なんといいなさるね？」

「ぼく、リトル・ビリー」

リトル・ビリーは言った。

「よろしく、リトル・ビリー」

ドン・ミニは、そうあいさつした。

「よかったら、ほかのへやものぞいてごらん。みんな、じまんのへやばかりじゃ」

ミンピンたちはみんな、リトル・ビリーに、じまんのへやを見せたがった。くちぐちに「ねえ、うちを見て。ほら、おねがい、こっちへ来て」とさけびながら、えだにおしよせてくる。

リトル・ビリーは、えだの上をうごきまわって、あちこちの小さなまどをのぞいた。

　ひとつのまどからは、ふろばが見えた。何ばいも小さいだけで、リトル・ビリーの家にあるのとすっかりおんなじようなおふろだ。またほかのまどからは、教室が見えた。たくさんの小さなつくえやいす、それに、

こくばんもおいてある。

どのへやのすみっこにも、上にのぼるかいだんがついていた。リトル・ビリーがまどからまどへとうごくのにあわせて、ミンピンたちも、ひとかたまりになってついて歩いた。リトル・ビリーが、びっくりして声をあげるたびに、にこにこしている。

「どのへやも、ほんとにきれいだ。ぼくらの家よりステキだよ」

ミンピンの木の見学がおわると、リトル・ビリーは、もういちどえだにすわりなおして、ミンピンいちぞくみんなに聞こえるように言った。

「みなさん、とっても楽しい時間をありがとう。でも、ぼく、どうしたらうちにかえれるか気になって……。ママがしんぱいするにきまってるもの」

「この木からおりてはいかんよ」

ドン・ミニが言った。

「さっきも言ったとおりじゃ。おりたら、たったの五びょうで食べられてしまうわい」

「あのバケモノのこと？　あれが、チヲスイ・ハヲヌキ・コナゴナニシテポイなの？」

リトル・ビリーがたずねると、またドン・ミニが言った。

「コナゴナニシテポイというのかどうかわからんがね。下にいるのは、人食いカ

イブツじゃよ。まっかな、あついけむりをふきだす、おそろしい人食いカイブツじゃ。あいつは、森にいる生《い》き物《もの》を、なんでも食いつくす。わしらがこんな木の上にすまねばならんのも、あいつのせいじゃ。あいつは何百人も人間を食らい、もじどおり何万人ものミンピンが、ぎせいになった。なによりもおそろしいのは、あの鼻《はな》のするどさじゃ。人間でもミンピンでもほかの動物《どうぶつ》でも、生き物のにおいなら、二十キロ先からでもかぎわけるんじゃよ。あとは、ものすごいスピードではしってくる。鼻と口から、もうもうとけむりをはきだしとるせいで、目のまえはぜんぜん見えないんじゃが、そんなことでこまったりしない。するどい鼻が、えもののいるばしょを、せいかくに教えてくれるからの」

「どうして、けむりをはいたりなんかするの？」

リトル・ビリーがたずねた。

「そりゃ、あいつのはらの中に、まっかな、あつい火がもえとるからじゃよ。あいつは、生き物のまるやきがすきなんじゃ。あいつにのみこまれたとたん、まっくろこげに焼《や》かれてしまう」

ドン・ミニは、そうこたえた。

「あいつが人食いカイブツだろうとなんだろうと、ぼく、やっぱりどうにかしてうちへかえらなくちゃ。とにかくやってみるしかない」

「おねがいだから、やめてくだされ」

ドン・ミニがたのんだ。

「あいつは、あんたがここにいるのを知っておって、下でまちかまえておるはずじゃ。ちょっと下へ行って、わしといっしょにのぞいてみるといい」

6　鳥は、みんな友だち

ドン・ミニは、らくらくと大きな木のえだを下にむかっておりていった。リトル・ビリーも、注意《ちゅうい》して、すこしずつえだをおりていった。

すぐに、下のほうから、カイブツがはきだすいきの、いやなにおいがたちのぼってきた。オレンジ色のけむりが、木の下のほうのえだを、あつくつつみこんでしまっている。

「あいつ、どんなかっこうなの？」

と、リトル・ビリーはたずねた。

「さて、それは見た者《もの》がおらんのじゃ。あれだけすごい鼻《はな》いきとけむりをふきだしておるのでな。ただし、けむりはみんなまえのほうにはきだされるから、うしろにまわれれば、ちらっとすがたが見られるかもしれん。やつのうしろ足を見たというミンピンがおるが、そりゃ大きくて、まっくろで、毛むくじゃらで、ライオンの足みたいじゃったという。もちろん、何十ばいも大きいがね。それから、やつの頭が、ばかでかいワニのようじゃという者もおる。口には、何れつも、何れつも、とがった歯《は》がならんでおるとな。たしかなことは、だれも知らん。言っとくが、あれだけのけむりをふきだすのじゃから、ひどく大きな鼻のあなをしておることだけは、たしかじゃよ」

と、ドン・ミニ。

ふたりはじっとして、耳をすませた。カイブツは、木のねもとできょだいなひづめをふみならし、うえたあらあらしい鼻いきをまきちらしている。

「あいつは、あんたのにおいをかいでおるのじゃよ」

ドン・ミニが言った。

「あんたが、まだちかくにいるのを知っておる。あいつは、あきらめんわい。なにせ、人間は、そうしょっちゅうありつけるごちそうではないからの。やつにとって、人間は、生クリームがけのイチゴにあたるくらいの大こうぶつじゃ。何か月も、ミンピンでがまんせねばならんかったが、千人ものミンピンを食ったところで、おやつにもならんのじゃろう。人間にうえておるんじゃよ」

リトル・ビリーとドン・ミニは、ミンピンいちぞくがあつまっている上の木のえだに、もどっていった。みんなは、リトル・ビリーがぶじにもどってきたのを見て、とてもよろこんでいるようだった。

「ここでくらしたらいい。どうにかなるよ」

と、ミンピンたちはすすめた。

ちょうどそのとき、きれいな一わのツバメが、ちかくのえだにとまった。おかあさんミンピンとふたりの子どものミンピンが、ツバメのせなかに、さっさとの

りこんだ。いごこちよさそうにつばさのまんなかにおさまった三人のお客《きゃく》をのせて、ツバメは空へとびたっていった。

「ひゃあ、すごい！」

リトル・ビリーはさけんだ。

「とくべつにくんれんした鳥なの？」

「いやいや」

と、ドン・ミニ。

「鳥はわしらのなかまじゃ。友だちなんじゃよ。よそへ出かけるときには、鳥にのっていく。あの親子は、八十キロばかしはなれた森の、おばあさんに会いに行ったんじゃ。一時間もせずにむこうへつくじゃろう」

「鳥と話ができるの？　あの鳥たちと？」

「もちろん。どこかへ行きたいときは、いつでもよぶことができる。そうでなくては、食べ物もさがしに行けんよ。なにしろ、下にいるカイブツのおかげで、森を歩きまわることができんのでな」

「鳥たちは、あなたたちをのせるのがすきなのかな？」

と、リトル・ビリー。

「なんだって、よろこんでやってくれる。おたがい、大のなかよしじゃからな。寒《さむ》い冬にうえずにすむように、わしらは、鳥たち用にも、たくさんの食べ物《たもの》をたくわえているんじゃよ」

とつぜん、いろいろなしゅるいの鳥が、リトル・ビリーのまわりのえだに、いっせいにおりたった。ミンピンたちは、それぞれ小さなかばんをかたにかけて、何人かずつ、鳥のせなかによじのぼった。

「食べものをあつめに行く時間なんじゃよ」

ドン・ミニがせつめいした。

「おとなは、みんな食《た》べ物《もの》をあつめに行くことになっておってな。一本の木にすんでいる者《もの》たちが、それぞれ自分たちの木にすむなかまのめんどうをみる。大きな木は、あんたたちの町や市、小さな木は村のようなものなんじゃよ」

大きな木のえだにさまざまなすばらしい鳥たちがとんでくるのは、それはもうびっくりするような、ながめだった。せなかにミンピンがのりこむとすぐ鳥たちはとびたっていく。クロウタドリ、ツグミ、

ヒバリ、ワタリガラス、ホシムクドリ、カケス、カササギ、いろんなしゅるいの小さなウソたち……。すばやいどうさで、さっさとしごとに出ていくのだ。どの鳥も、自分のせなかにどのミンピンをのせるのか、ちゃんとわかっているみたいだった。ミンピンのほうも、自分をのせてくれるようにたのんでおいたのがどの鳥か、ちゃんと知っているみたいだ。
「鳥は、自家用車みたいなもんでな」
ドン・ミニが言った。
「車なんぞより、よほどのりごこち

がいいうえに、じこもおこさない」

　ドン・ミニいがいのおとなは、みんな出かけてしまい、じきに、子どものミンピンばかりになった。すると、たくさんのコマドリがやってきて、子どもたちをせなかにのせ、あたりをとびまわりはじめた。

「子どもたちは、こうやってとぶれんしゅうをするんじゃよ。コマドリは気持《きも》ちがこまやかで注意深《ちゅういぶか》い鳥じゃから、れんしゅうにはちょうどいいんじゃ。それに、大の子どもずきじゃからの」

　そう、ドン・ミニが教えてくれた。

　リトル・ビリーは、ぼうっとして、ただただふしぎなこうけいを見つめるばかり。いま見ていることが、とてもしんじられない。

7　じゃあ、ハクチョウをよんで

子どもたちがれんしゅうをくりかえしているあいだ、リトル・ビリーとドン・ミニは話しあいをはじめた。

「下にいる、あのまっかなけむりをはくカイブツをやっつけるほうほうは、ないのかな?」

「たったひとつ、あいつをやっつけるには……」

ドン・ミニが、考えながら言った。

「深《ふか》い水のそこに、つき落《お》とすしかないじゃろうな。水があいつのほのおを消してしまうと、もう生きてはおれん。あいつにとってのほのおは、人間にとってのしんぞうみたいなものなんじゃ。しんぞうがとまれば、死《し》んでしまうじゃろ。それとおなじで、火さえ消してしまえば、やつは五びょうと生きておれん。それだけが、あいつをたいじするほうほうじゃ」

「ちょっと、まって」

と、リトル・ビリー。

「このあたりに、ひょっとして池とかみずうみとかはない？」

「森のはずれに、大きいみずうみがあるにはあるが……」

ドン・ミニは、こたえた。

「いったいだれが、あのカイブツをそこへつれていくのじゃね？　わしらにはむりじゃ。もちろん、あんたにもむりじゃ。百メートルもちかづかんうちに、あいつは、あんたをつかまえてしまうわい」

「でも、あいつは自分のはきだすけむりで、まえが見えないんでしょう？」

「それはたしかじゃ。じゃが、それが、なんのやくにたつね？　あいつが、むざむざみずうみにちかづくとは思えん。森のはずれにまで行くはずがないわい」

「ぼく、あいつを、水につき落《お》としてやれると思うんだ」

リトル・ビリーはつづけて言った。

「ぼくをせなかにのせられるくらい、大きい鳥さえいればね」

ドン・ミニは、またしばらく考えこんだ。

「あんたは、まだとても小さいから、ハクチョウだったら、あんたをせなかにのせられるじゃろうな。」

「じゃあ、ハクチョウをよんで」

リトル・ビリーは言った。いままでとはどこかちがう、しっかりした声になっている。

「じゃが……わしは、あんたに、あぶないことをさせたくはないのじゃ」

ドン・ミニはいっしょうけんめい言った。

「よく聞いて。ハクチョウがやってきたら、こう言ってほしいんだ。ぼくをのせて、下にいるカイブツのところまでおりていってほしいって。カイブツは、すぐぼくのにおいをかぎつける。けむりと鼻《はな》いきでまえが見えないから、もうくるったように、ぼくをつかまえようとするだろう。ハクチョウには、あいつのまえをひらりひらりとんで、さんざんじらしてほしいんだ。できるかな？」

「できるじゃろう。しかし……あんたが、ハクチョウのせなかから落《お》ちたら、どうするんじゃ？　あんたは、とぶれんしゅうを、いちどもしていないんじゃよ」

「どうにかしがみついているよ。ハクチョウには、ずっとひくくとんでもらわなくちゃいけない。森のはずれまで、あのぞっとするカイブツに、おいかけさせるんだ。ちょうどあいつのまんまえをとべば、

あいつはもうぼくのにおいで、われをわすれてしまう。さいごに、まっすぐ深《ふか》いみずうみの上をとびぬければ、すごいスピードでおっかけてきたカイブツは、とまることができずに、あっというまに、水に落《お》っこちてしまうんだ！」

「おお、たいした子じゃ！」

ドン・ミニはさけんだ。

「天才じゃよ！」

「さあ、ハクチョウをよんでよ」

リトル・ビリーは言った。

子どももミンピンのれんしゅうひこうからもどったばかりのコマドリをつかまえて、ドン・ミニは、なにか話しはじめた。きみょうなさえずりのように聞こえる言葉《ことば》だ。リトル・ビリーには、ぜんぜん、いみがわからない。コマドリは、うなずいて、さっととびたっていった。

しばらくすると、雪のようにまっしろい、みごとなハクチョウがやってきて、

ちかくのえだにまいおりた。ドン・ミニは、ハクチョウにむかって、まったれいのきみょうなさえずりみたいな会話をはじめた。コマドリのときよりは、長い話になった。

ドン・ミニがさえずるように話すあいだ、ハクチョ

ウはなんどもうなずきながら聞いていた。

やがてドン・ミニは、リトル・ビリーにむきなおると、こう言った。

「ハクチョウも、それはすばらしいアイデアだと言っておるよ。うまくいきそうだとね。ただ、あんたが空をとんだことがないのがしんぱいだと言っておる。しっかりつかまっているようにとな」

「しんぱいしないで。しがみついているから。生きたままやきになって、カイブツに食べられるのなんて、まっぴらだもの」

リトル・ビリーは、ハクチョウのせなかによじのぼった。さっき食《た》べ物《もの》をあつめに出かけたおとなのミンピンたちも、もどってきはじめていた。かばんは、いっぱいにふくらんでいる。みんなあつまって、小さな人間の男の子が、ハクチョウのせにのってとびたとうとしているのを、ふしぎそうにながめている。

「いってらっしゃい、リトル・ビリー。気をつけて！」

みんなはさけんだ。

ハクチョウは
つばさをひろげ、
たくさんのえだ
のあいだを、す
べるように下に
むかってまいお
りはじめた。

8　しっかりつかまって！

リトル・ビリーは、しっかりつかまっていた。

こんなにすばらしいハクチョウのせなかにのって空をとぶって、なんてステキなんだろう！　風がヒューヒュー顔のまわりをふきすぎていく感《かん》じがたまらない。

リトル・ビリーは、言われたとおり、い

っしょうけんめい、しがみついていた。

と、とつぜん、おそろしいカイブツの鼻《はな》からふきだされるまっかなけむりのうずが、下に見えてきた。けむりのせいで、すがたはまったく見えない。もっと下に、もっとちかづいて、ちかづいて……リトル・ビリーは、けむりをすかして、毛むくじゃらの大きな黒いかげを見た。

リトル・ビリーのおいしそうなにおいをかぎつけて、カイブツはますます鼻いきあらく、シュウッシュウッ、ゴウッゴウッとけむりをはきだしまくっている。カイブツがちかづいてきた。シュウッシュウッ、ゴウッゴウッ。

ハクチョウは、ちょうどけむりのまんまえを、さそうように、からかうように、じょうずにとびまわり、カイブツはどんどんいらいらしはじめた。カイブツ――というより、けむりのかたまりみたいだが――が、リトル・ビリーにむかってとっしんしてくるたびに、ハクチョウは、すばやく身《み》をひるがえしてにげてしまう。シュウシュウとさかんに鼻いきをまきちらし、けむりは見たこともないくらい、

ぶあついうずになってふきあがった。

いちど、ハクチョウは首をまげて、リトル・ビリーがあんぜんかどうかをたしかめてくれた。リトル・ビリーは、にっこりして、うなずいてみせた。ちかってもいいけど、ハクチョウもやっぱり、にっこりうなずきかえしてくれたのだ。

ついに、ハクチョウは、からかうのはもうじゅうぶんと考えたようだ。きょだいなまっかなけむりのうずは、えものを手にいれられないもどかしさで、上に下にくるったようにゆれうごき、森じゅうに、おそろしいほえ声と大きな鼻《はな》いきがひびきわたった。

ハクチョウは、くるりとむきをかえると、まっすぐ森のはずれをめざした。けむりのうずも、ハクチョウをおって、とっしんしてくる。

ハクチョウは、注意深《ちゅういぶか》くひくくとびつづけ、カイブツの鼻さきでさそいかけながら、森の木々《きぎ》のあいだを、じょうずにぬっていった。

　カイブツは、あきらめずにおってくる。人間のにおいは、カイブツにとって、それほどごちそうなのだ。全力《ぜんりょく》でおいつめれば、さいごには、ごちそうにありつけると、も

うそれだけを考えているにちがいない。

とつぜん、目のまえに、森のはずれのみずうみがあらわれた。ひっしでおいかけてくるカイブツの頭の中は、おいしそうな人間のにおいのことだけでいっぱいだ。

ハクチョウは、まっすぐみずうみにむかった。すいめんすれすれのところをとんでいく。カイブツもあとにつづいた。

リトル・ビリーはふりむいて、カイブツがまっすぐみずうみにとびこむのを見た。みずうみじゅうが、わきかえり、けむりをはき、にえくりかえり、あわだつのが見えた。

しばらくのあいだ、おそろしい、まっかな

けむりをはくカイブツは、まるで火山みたいに、みずうみをぶくぶくわきかえらせていた。

が、やがてほのおが消えてしまうと、おそろしい生《い》き物《もの》は、みずうみの水の下に、かんぜんにしずんでしまった。

9 やったね、リトル・ビリー

あたりがすっかり静《しず》かになると、ハクチョウとリトル・ビリーは、たかくとびあがって、もういちどみずうみをぐるりとまわった。

そのとき、きゅうに、リトル・ビリーのまわりの空が、鳥たちでいっぱいになった。どの鳥のせなかにも、ミンピンたちがのっている。リトル・ビリーには、きれいなカケスにのったドン・ミニが、みんなとならんでとびながら、手をふっているのが見えた。

あの大きな木にすむミンピンたちみんなが、おそろしいカイブツをやっつけた、

れきしてきしゅんかんを見にやってきたみたいだ。鳥たちは、ハクチョウとリトル・ビリーのまわりをまるくとび、ミンピンたちは手をふったり、はくしゅしたり、うれしそうにさけんだりしている。リトル・ビリーも、わらって手をふりかえした。なんてステキなぼうけんなんだろう！

やがて、ハクチョウをせんとうにして、鳥たちは、ミンピンたちの木にもどってきた。

そこで、おそろしいカイブツをやっつけたリトル・ビリーのために、せいだいなおいわいの会がひらかれた。森じゅうのミンピンたちが鳥のせなかにのってやってきて、小さなヒーロー

をほめたたえた。えだというえだじゅう、ミンピンたちでいっぱいになった。はくしゅとかんせいがしずまると、ドン・ミニが立ちあがった。
「森のミンピンたち！」
ドン・ミニは、みんなに聞こえるようにせいいっぱい声をはりあげた。
「これまで何千人ものなかまをのみこんだあの人食いカイブツは、えいきゅうにいなくなった！　とうとう、森の地面《じめん》の上をあんぜんに歩きまわれる日がきたのじゃ！　みんな自由《じゆう》に下へおりていって、クロイチゴだろうと、カイガライチゴだろうと、キマグレイチゴだろうと、トンデモイチゴだろうと、キラキライチゴだろうと、イネムリイチゴだろうと、すきなだけとってこれるのじゃよ。子どもらは、草花や、木のねっこのあいだで、一日じゅう遊《あそ》びまわれる」

ドン・ミニはここでちょっと言葉《ことば》をきって、そばのえだにすわっているリトル・ビリーに目をむけた。

「ミンピンたち」

と、ドン・ミニはつづけた。

「こんなすばらしいよろこびを、わしらにさずけてくれたのは、だれじゃろう？ミンピンいちぞくをすくってくれたのは、だれじゃろう？」

ドン・ミニが、ここでまた言葉をきった。何千人ものミンピンが、しんとして耳をかたむけている。

「わしらのすくいぬし、わしらのえいゆう、わしらの天才少年は、みなも知ってのとおり、ここにいる人間の友だち、リトル・ビリーじゃ！」

ここで、「やったね、リトル・ビリー！」のはくしゅかっさいが、ミンピンたちからまきおこった。

ドン・ミニは、こんどはリトル・ビリーにむかってこう言った。

「あんたは、わしらのおんじんじゃよ。なにか、おれいをしたい。そこで、ハクチョウとそうだんしたんじゃが、あんたがハクチョウのせなかにのれるくらい小さいあいだだけ、ハクチョウは、あんたの自家用機《き》になってもよいと言っておる」

ここでまた、はくしゅかっさいがまきおこった。

「すごいぞ、すごいアイデアだ！」

「しかし、じょうけんがある」

ドン・ミニは、やはりリトル・ビリーを見つめながらつづけた。

「まだ日があるうちは、ハクチョウにのってとびまわってはいかん。おとなに見られたら、たいへんなことになる。おとなたちは、あんたに森のひみつをしゃべらせようとするにきまっておるからな。それはこまるのじゃ。そんなことになったら、たくさんの人間がミンピンを見ようと、わしらのたいせつな森にどかどかふみこんできて、わしらの生活はめちゃくちゃにされてしまうじゃろう」

「だいじょうぶ。ぼく、だれにも言わないよ！」

リトル・ビリーはいっしょうけんめいだ。

「それは、しんじるがの」

ドン・ミニは言った。

「すこしでもきけんなことは、したくないのじゃ。そのかわり、まいばん、へやのでんきが消えるころ、ハクチョウは、あんたのまどべへとんでいくじゃろう。

わしらに会いにとんでくることもあろうし、あんたがまだゆめみたこともないような、うつくしいけしきを見につれていってもくれるじゃろう。さて、そろそろ、家にかえりたいかね？　まだ日はあるが、きょうだけは、ひるまにとぶのも、いたしかたないのでな」

「うわあ、たいへんだ！」

と、リトル・ビリー。

「家のことなんか、ころっとわすれてた。ママが大さわぎしてるかも！　すぐかえらなくっちゃ」

ドン・ミニがあいずをすると、また

たくまにハクチョウがとんできて、木にまいおりた。リトル・ビリーがのりこむと、ハクチョウは、つばさをひろげてとびたった。ドン・ミニの木だけではなく、森じゅうの木々《きぎ》から、何万人ものミンピンのかんせいが聞こえた。

10 ぜったい、わすれない

ハクチョウは、リトル・ビリーの家の庭《にわ》にまいおりた。リトル・ビリーは、いそいでせなかからとびおりると、はしっていって、こっそり、まどから家にはいりこんだ。へやは、からっぽだ。

「リトル・ビリー」

だいどころから、ママの声が聞こえてきた。

「いま、なにをしてるの？　ずいぶん長いこと、おとなしくしてるわね」

「ぼく、いい子にしてるよ、ママ」

リトル・ビリーは、こたえて言った。

「ぼく、ずっと、とってもいい子にしてるよ」

アイロンがけのおわったせんたくものをかかえて、ママがへやにはいってきた。

ママは、リトル・ビリーをじろじろながめた。

「まったく、なにをしていたの？　そんなに、ふくをよごしちゃって！」

ママは大きな声で言った。

「ぼく、木にのぼってたんだ」

リトル・ビリーが言った。

「しょうがない子ね。十分も目がはなせないんだから。どの木にのぼったの？」

「外にある木だよ」

「落《お》っこちて、うででもおったらどうするの？　にどと、木のぼりなんかしちゃいけません」

「うん、もうしない」

リトル・ビリーは、ちょっぴりほほえんでつけくわえた。

「ただ、ぎん色のつばさにのっかって、えだの上までとんでいくだけさ」

「なにばかなこと言ってるんでしょ」

ママはあきれて、せんたくものをもって、へやを出ていった。

その日から、ハクチョウはまいばん、リトル・ビリーのへやにやってくるようになった。ママとパパがねむって、家じゅうが静《しず》かになると、とんでくるのだ。

リトル・ビリーは、ねむったりなんかしなかった。目をあけて、ひたすらまっていた。ハクチョウがとんでくるまえから、カーテンをあけ、まどをいっぱいに

ひらいて、ハクチョウがはいってきやすいように、ベッドのすぐそばにおりたてるように、じゅんびしておくのだ。すぐにリトル・ビリーはうわぎをはおり、ハクチョウといっしょに、しゅっぱつする。

　ハクチョウのせなかにのって、夜の世界《せかい》をとびまわるなんて、こんなすばらしいひみつがあるだろうか！　ハクチョウとリトル・ビリーは、音のない、まほうのような世界《せかい》をとんでいく。地上の人たちがみんなねしずまったその上を、すべるようになめらかにとびまわる。

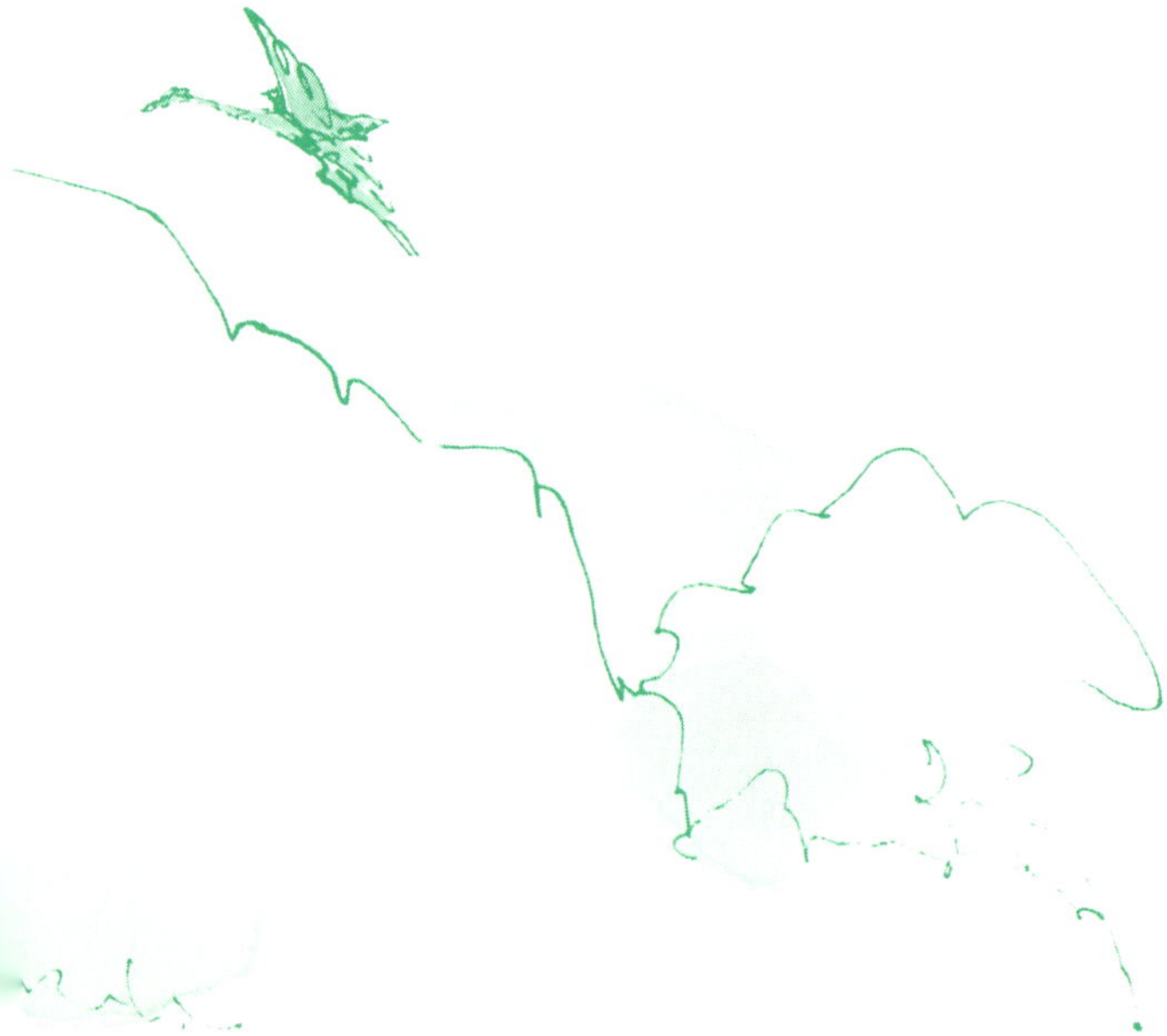

いちど、ハクチョウは空のきわみにまでも、とんでいった。あわい金色の光にかがやく雲が、もくもくとそびえていた。雲の中に、何かうごきまわるもののすがたが見えた。

あれはだれ？

リトル・ビリーは、ハクチョウにそうた

ずねたくてたまらなかった。けれど、鳥の言葉《ことば》が話せないうえに、ハクチョウは、けっして、そのよその世界のじゅうにんたちにちかよろうとしなかったから、はっきりすがたをたしかめることはできな

かった。またべつのとき、ハクチョウは、何時間にも感《かん》じられるほどとびつづけて、地上にぽっかりあいた、大きなわれめにつれていってくれた。

くるりくるりときょだいなあなの上をとび、それからまっすぐ下におりていった。くらいあなの中をどこまでもおりていくと、いきなり太陽《たいよう》のようなまぶしい光がふりそそぎ、そこには、目もさめるほどに青いみずうみがひろがっていた。何千羽ものハクチョウたちが、みずうみの上をゆったりとすべっていく。まっさおな水にうつるまっしろなハクチョウ

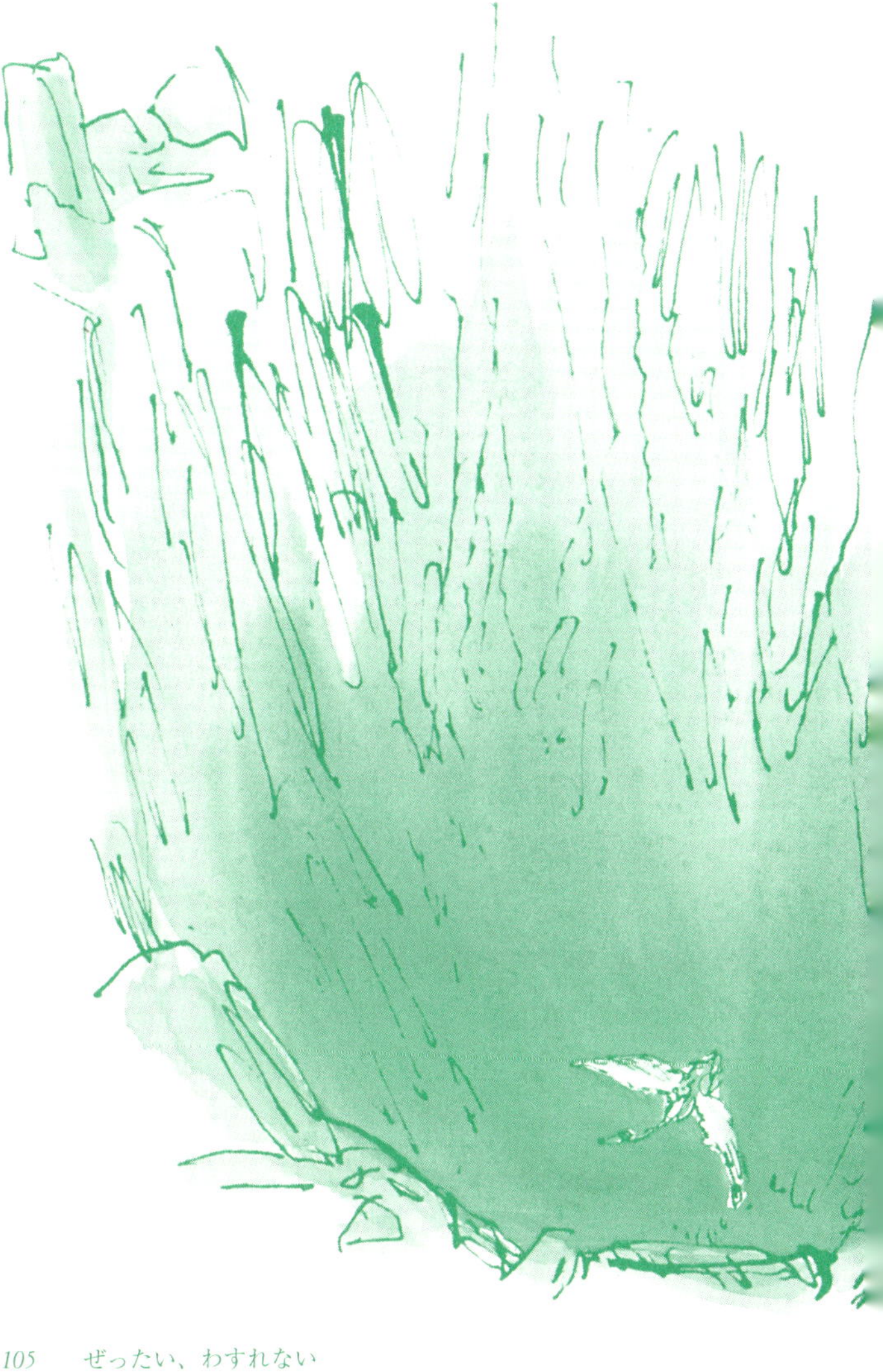

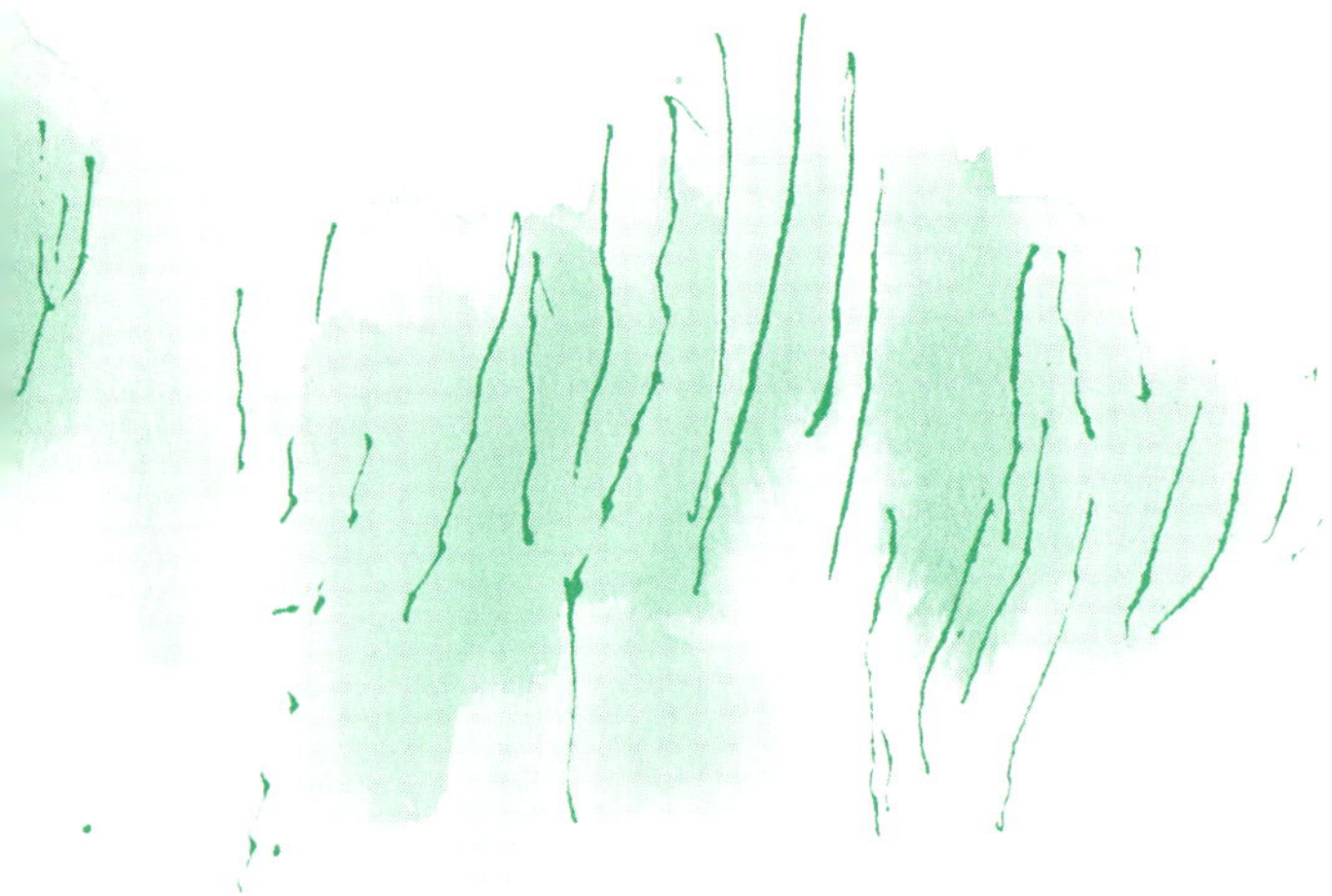

たちは、たとえようもないうつくしさだ。

　リトル・ビリーは、ここは、ハクチョウたちのひみつのかくれがかもしれないと思った。ハクチョウに、それもたしかめてみたかった。が、なにもかもわかってしまうより、ふしぎは、ふしぎなままとっておくほうがいいこともある。青いみずうみとハクチョウのむれも、金色の雲の上のじゅうにんたちも、リトル・ビリーのむねのおくで、いつまでも消えない、かけがえのない思い出にな

るだろう。

ハクチョウはリトル・ビリーを、あの大きな木のミンピンたちのところへ、一しゅうかんにいちどはつれていってくれた。

ある日、ドン・ミニが、こんなことを言った。

「あんたは、ずいぶん早く大きくなっていくのじゃな。このぶんでは、ハクチョウは、じきに、あんたをのせてとべなくなってしまうわい」

「わかってるよ。でも、ぼくには、どうしようもないんだもの」

「ハクチョウより大きな鳥は、ここらにはおらんのじゃよ。じゃが、ハクチョウがあんたをのせてこられなくなっても、ここへ遊《あそ》びにきてくれるとうれしいんじゃがね」

ドン・ミニが言うと、リトル・ビリーはこたえた。

「もちろんだよ。いつだって会いにくる。ぜったい、あなたたちをわすれない！」

「それにな」

と、ドン・ミニはにっこりわらってつづけた。

「わしらのほうでも、こっそりあんたに会いにいけると思うんじゃよ」

「それ、ほんと？」

リトル・ビリーがたずねた。

「たぶんな。夜のやみにまぎれて、そうっとあんたのうちに行って、へやにのぼっていけばよかろう。まよなかのパーティーができるわい」

「だけど、どうやって、ぼくのへやまでのぼってこれるの？」

「わしらには、『ぴったんこブーツ』があるのをわすれたのかね？　あんたの家のかべくらい、すいすいのぼっていけるわい」

「わあ、すごいや！」

リトル・ビリーはさけんだ。

「じゃあ、ぼくたち、じゅんばんに行ったり来たりできるんだね？」

「もちろんじゃとも」

ドン・ミニがやくそくした。

――これはぜんぶ、ほんとにあった話だよ。こんなすばらしい思い出をもってる子どもなんて、リトル・ビリーいがいに、いやしない。それに、リトル・ビリーくらい、こんなすごいひみつをまもれる子どもも、いないよ。だって、だれにも、ひとことも、ミンピンのことをしゃべったりしなかったんだからね。

このお話を書いているわたしだって、ミンピンの森がどこにあるか、はっきり書かなかっただろう？ ひみつはまもらなくっちゃね。

まんがいち、もしきみが、ある日どこかの森にまよいこんで、ミンピンをちらっとでも

見かけるようなことがあったら、それはもう、とほうもなく運《うん》のいいことなんだよ。わたしの知るかぎり、いままで、リトル・ビリーのほかには、ミンピンに会った人間なんて、ひとりもいないんだから。

きみの頭の上をとんでいく鳥を、注意《ちゅうい》して見ていてごらん。ツバメやワタリガラスのせなかに、

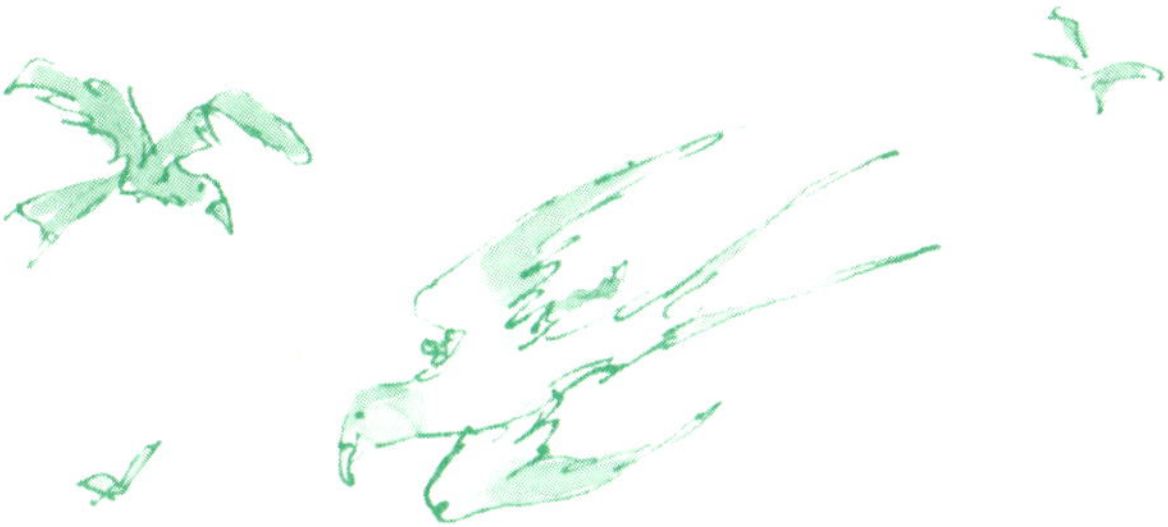

小さな人間がのっているのが見えるかもしれない。とくに、コマドリはひくくとぶからね。じっと見ていたら、いっしょうけんめいしがみついて、はじめてとぶれんしゅうをしている、子どものミンピンの

すがたが見られるかもしれないよ。
そうなんだ、いつでも、きみのまわりの世界《せかい》を、こうきしんいっぱいに目を見ひらいて、見まわしていてほしいんだ。
だって、すばらしいひみつの世界は、たいていありそうもないところに、かくれているものだからね。まほうの力をしんじない人には、ぜったい見つけられっこない世界だよ。

おわりに——画家からのひとこと

ぼくが、ロアルド・ダールの作品《さくひん》にはじめてイラストをかいたのは、なんと四十年ばかりもまえのことになる。『どでかいワニの話』（評《ひょう》論社刊《ろんしゃかん》）というお話だ。

それから二十年ものあいだ、ずーっとロアルドの作品にさし絵をかきつづけることになるとは、そのときは思ってもいなかった。じっさい、ロアルドが子どものために書いた本のさし絵は、ぜんぶぼくが担当《たんとう》した。たった一さつだけをのぞいてね。

それが、この『ビリーと森のミンピン』だ。

『ビリーと森のミンピン』は、『ふしぎの森のミンピン』（一九九三年評論社刊・現在《げんざい》は絶版《ぜっぱん》）というタイトルで、すでに、パトリック・ベンソンというすばらしい画家が絵本にしていた。ぼくはその本が大すきだったから、自分が新しくイラストをかくことになって、ほんとのところ、ちょっととまどった。でも、ぼくには、この本のためにかいてみたい絵がたくさんあった。だから、よろこんでひきうけたというわけだ。

この物語に絵をそえるのは、それはそれはワクワクする仕事《しごと》だった。お話じたいは『ふしぎの森のミンピン』とまったくおなじだけれど、ぼくなりの新しい世《せ》界《かい》をつくることができたんじゃないかと思う。読者も、そんなふうに感《かん》じて楽しんでくれたらうれしいな。

Quentin Blake

クェンティン・ブレイク

ミンピン・クイズ！

お話に出てきたこと、きみはどれくらいおぼえてる？　こたえてみよう！

1　カイブツが鼻《はな》からふきだしていたのは、なに？

a．ふわふわのあわ
b．あつい けむり
c．黒いもくもく雲

2　リトル・ビリーがさいしょに出会ったミンピンはだれ？

a．ドン・マニ

b．ダン・ミニ

c．ドン・ミニ

3

鳥たちは、ミンピンにとって、どんな役《やく》わり？

a．自家用車

b．電車

c．バス

4

リトル・ビリーのママは、森のカイブツをなんとよんでいた？

a．グシャグシャニシテポイ

b．バリバリクッテポイ

c．チヲスイ・ハヲヌキ・コナゴナニシテポイ

5 リトル・ビリーをせにのせて、たくさんのぼうけんにつれていってくれたのは？

a．ツバメ

b．ハクチョウ

c．ガチョウ

答え……1＝b、2＝c、3＝a、4＝c、5＝b

ロアルド・ダール Roald Dahl

1916～1990年。イギリスの作家。サウス・ウェールズに生まれ、パブリック・スクール卒業後、シェル石油会社の東アフリカ支社に勤務。第二次世界大戦が始まると、イギリス空軍の戦闘機パイロットとして従軍したが、不時着し、長く生死の境をさまよった。戦後、この経験をもとにした作品で作家生活に入り、変わった味わいの短編小説を次々に発表して人気を確立。結婚後は児童小説も書きはじめ、この分野でも、イギリスをはじめ世界じゅうで評価され、愛される作家となっている。人生のモットーは――

わがロウソクは両端から燃える
朝までは保《も》つまい
それゆえ敵に味方に照り映える
愉《たの》しき光の舞い

(柳瀬尚紀訳)

クェンティン・ブレイク Quentin Blake

1932年生まれのイギリスのイラストレーター。16歳のとき「パンチ」誌に作品が掲載されて以来、さまざまな雑誌を舞台に活躍。また、20年以上にわたって王立美術大学で教鞭をとるかたわら、R・ホーバン、J・エイキン、M・ローゼン、R・ダールなど著名な児童文学作家との共作も数多く発表し、ケイト・グリーナウェイ賞、ウィットブレッド賞、国際アンデルセン賞画家賞などを受賞している。

おぐら あゆみ

東京生まれ。ロアルド・ダール作品の翻訳で『ふしぎの森のミンピン』(評論社)を手がけた。今回、同作品が『ビリーと森のミンピン』と改題され、「ロアルド・ダール コレクション」に新しく仲間入りするにあたって、訳文を見直し、修正を加えている。

ロアルド・ダールについてもっと
知りたい方は、ここへどうぞ。
http://www.roalddahl.com

ロアルド・ダール コレクション[21]
ビリーと森のミンピン

2025年1月25日　初版発行

●――著　者　ロアルド・ダール
●――画　家　クェンティン・ブレイク
●――翻訳者　おぐらあゆみ
●――装　幀　緒方修一
●――発行者　竹下晴信
●――発行所　株式会社評論社
〒162-0815 東京都新宿区筑土八幡町2－21
電話　営業 03-3260-9409／編集 03-3260-9403
URL　https://www.hyoronsha.co.jp
●――印刷所　中央精版印刷株式会社
●――製本所　東京美術紙工協業組合

ISBN978-4-566-01434-3　NDC933　124p.　173mm×117mm

物語はあなたのために！

あるときはスパイ、あるときは戦闘機乗り、あるときは
チョコレート評論家、またあるときは医療装置の発明家、
それがロアルド・ダール！　彼はまた、
世界でもっとも人気のある物語作家でもあります。
『チョコレート工場の秘密』、『マチルダは小さな大天才』、
『オ・ヤサシ巨人BFG』、その他たくさんの
すばらしい作品を生みだしました。

ロアルド・ダールの名言

「よい考えを持っている人は、それが日光のように顔から
あふれだして、いつもきれいに見えるものだ」

「よい行い」がよい結果につながると信じて

ロアルド・ダール作品の印税のうち、10％*が、慈善事業に寄付
されます。子どもたちに関わる医療関係者、
困難な状況にある家族の救済、教育関係の
プログラムなどをサポートしています。

もっと知りたい人は……

roalddahl.com を検索してください。
ロアルド・ダール慈善トラストの登録番号は、1119330 です。

*第三者への手数料をのぞくすべての支払いと印税について